ISBN 13: 978-1-948921-31-2

<u>REMERCIEMENTS</u>

Illustrateur : Quynh Rua

Éditeur : Jessie Raymond, Brian Tutko

Relecteurs : Gwen Peterson, Jenny Dulaney

Traducteurs et correcteurs français:
Rozenn Bouille, Fabienne Verlac, anonyme

Un merci spécial à la famille Mitchell.

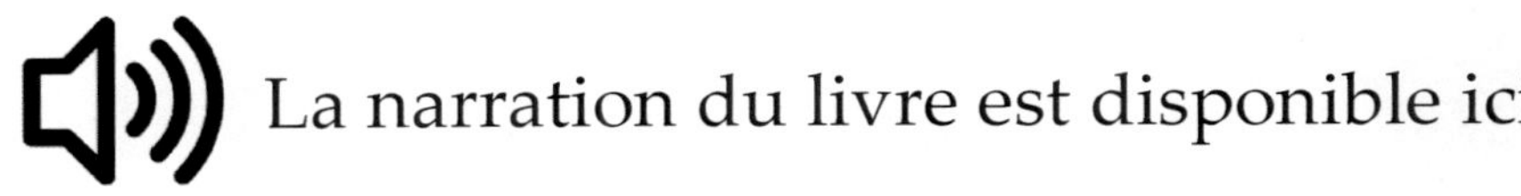 La narration du livre est disponible ici !

https://jibberjabberblog.blogspot.com/2024/04/video-hass.html

La meilleure bergère de tout le pays s'avérait également être la plus petite. Les gens l'appelaient « Petite Lori ». Elle était bien plus forte qu'elle n'en avait l'air. Elle combattait à tout moment les lions, les loups et les ours pour protéger le troupeau. Comme elle était courageuse et forte, les gens la payaient pour prendre soin de leurs moutons. Mais Lori avait aussi son propre mouton, un petit agneau nommé Maple.

Un jour, alors que Lori était dans les champs, deux hommes à cheval s'approchèrent d'elle. Ils s'arrêtèrent et lui apprirent qu'ils étaient des princes. Ils interrogèrent Lori à propos de ses deux sœurs. Les princes avaient l'intention de les épouser, mais ils avaient entendu des rumeurs troublantes à leur sujet, comme quoi les deux sœurs étaient diaboliques. Lori répondit aux princes que les rumeurs étaient toutes vraies et qu'il valait mieux pour eux de renoncer à leur projet. S'ils le faisaient, leur vie serait en danger.

« Que veux-tu dire ? demanda l'un des princes.

- Ce n'est pas la première fois que mes affreuses et terribles sœurs se marient. Il y a deux ans, elles ont toutes les deux épousé de riches comtes. Quelques semaines plus tard, leurs maris ont mystérieusement disparu. L'année dernière, elles ont épousé de riches ducs. Une fois encore, leurs maris ont disparu quelques semaines plus tard. Je crains que, si vous épousez mes sœurs, un destin similaire vous attende tous les deux », expliqua Lori.

Les deux princes suivirent les conseils de Lori et annulèrent leurs fiançailles avec les sœurs. Quand elles apprirent la nouvelle, les sœurs diaboliques devinrent furieuses. Elles étaient déjà riches, mais elles voulaient être de riches princesses vivant dans un château et portant des diadèmes. Désormais, elles avaient laissé passer leur chance. Les sœurs décidèrent de se venger. Lori était pauvre, mais les sœurs savaient qu'elle possédait une chose qu'elle chérissait plus que tout.

Quand Lori ne trouva pas Maple, elle comprit tout de suite que ses sœurs diaboliques lui avaient volé son agneau. Lori savait où elle pouvait probablement le trouver. Non loin de là vivait un magicien dans un château de verre. Ce magicien n'aimait pas être dérangé. Pour cette raison, seules quelques personnes osaient lui rendre visite. Il avait le pouvoir de transformer les gens en pierre rien qu'en claquant des doigts. La pierre contenait un puissant pouvoir magique qui rendait les personnes transformées incassables et personne d'autre que le magicien ne pouvait les libérer. Lori était au courant que ses sœurs diaboliques connaissaient ce magicien. Elle décida d'aller le voir pour vérifier s'il détenait Maple.

Quand elle entra dans le château de verre, elle vit de nombreuses statues de pierre disposées tout autour. Dans une grande salle, il y avait des soldats de pierre en position de combat. Dans une autre salle, des statues de pierre représentaient des personnes dansant lors d'un bal.

Lori trouva le magicien assis sur un trône dans le hall principal. Il lui fallut quelques instants pour remarquer Lori, car il regardait fixement le grand miroir à côté de lui.

« Qui es-tu ? demanda-t-il une fois qu'il la remarqua. Une bergère ? J'ai des bergers de pierre, mais pas de bergère. Je suis en train de créer une nouvelle exposition appelée "charme rustique". Tu t'y intégrerais parfaitement.

- Je ne suis pas venue ici pour être transformée en pierre.

- Alors explique-toi vite, et ne m'ennuie pas.

- Je cherche mon agneau. Mes sœurs l'ont volé, et je pense qu'elles vous l'ont vendu.

- Oui, je connais tes sœurs. Tu dois être le petit avorton de la famille. Tu es aussi petite que je l'imaginais. Eh bien…, soupira-t-il, elles m'ont effectivement vendu un mouton. Je l'ai déjà transformé en pierre et l'ai ajouté à ma collection de charmes rustiques.

« Vous devez me le rendre.

- Ne sois pas si insistante, se plaignit-il.

- Cet agneau a été volé. Elles n'avaient aucun droit de le vendre. Je rembourserai, quel qu'en soit le prix.

- Vraiment ? Quel qu'en soit le prix ? Voyons donc, cela devient de plus en plus intéressant. »

Le magicien claqua des doigts, et l'agneau de pierre apparut devant Lori.

« Est-ce ton ami ?

- Oui ! Maple ! »

Le magicien claqua à nouveau des doigts, et l'agneau disparut avant que Lori ne puisse le prendre dans ses bras.

« Où l'avez-vous envoyé ?

- Je vais te dire ce que je vais faire, répondit le magicien. Jouons à un jeu. Cela m'aidera à ne pas m'ennuyer autant. Tu dois trouver ton agneau. Je vais même te dire où je l'ai caché. Je l'ai mis dans la maison des fées. Si tu me ramènes ton agneau d'ici la fin de la journée, je le retransformerai. Si tu n'y arrives pas, je le garderai et je te changerai, toi aussi, en pierre.

- Je n'accepte pas ce marché. Maple est mon agneau, pas le vôtre, protesta Lori.

- Oh mon Dieu, tu ne me comprends pas. Je ne te laissais pas le choix. Je *vais* te transformer en pierre, alors tu ferais mieux de déguerpir et d'aller trouver ton petit Mabel - Marble, quel que soit le nom stupide que tu lui as donné. »

Lori se précipita hors du château. Le magicien sourit d'un air narquois, mais il s'ennuyait toujours. Il claqua à nouveau des doigts et les deux sœurs diaboliques de Lori apparurent devant lui.

« Que voulez-vous ? demanda l'affreuse sœur.

- Vous êtes toutes les deux en train de commencer à me décevoir, se plaignit le magicien. Avant tout, vous m'avez promis deux princes afin de les ajouter à ma collection "Salle Royale". Hélas, en ce moment, la salle est incomplète.

- Mais…

- Ne m'interromps pas. Vous m'avez aussi vendu un agneau qui n'était pas à vous. Ne savez-vous pas que ce n'est pas bien de voler ? *Tss-Tss.* Et maintenant, votre petite sœur est venue me déranger. J'ai dû lui dire que je lui rendrai l'agneau si elle peut le trouver. Supposons qu'elle le trouve, il me manquera une autre statue. Vous devez trouver un moyen de l'arrêter, et vous devez aussi rendre cela intéressant.

« Nous savons comment l'arrêter, dit la terrible sœur. Il y a une créature qui la méprise autant que nous. Son nom, c'est le grand méchant loup. Je suis sûre qu'il va nous aider.

- Oh oui, j'ai le grand méchant loup. Il est dans ma "Pièce des Prédateurs". Je suppose que je peux le désensorceler et le laisser libre pour accomplir cette tâche. »

Le magicien claqua des doigts, et une grande statue d'un loup en pierre apparut. Le magicien claqua à nouveau des doigts et la pierre se pulvérisa, permettant au loup de s'échapper. Il secoua les résidus de sa fourrure miteuse et fit craquer son cou.

« Écoute, grand méchant loup, dit le magicien, si tu trouves et manges la Petite Lori, tu seras libéré.

« Hé mec, je ne mange plus vraiment d'humains, expliqua le loup. Pour une raison ou une autre, ce sont mes hanches qui grossissent, alors j'ai commencé ce nouveau régime.

- À moins que tu ne désires être de nouveau transformé en pierre, tu feras ce que je t'ordonne.

- Eh bien, je suppose que je peux déroger à mon régime juste une journée. »

Le loup sortit en courant du château pour rattraper Lori. Le magicien ordonna aux deux sœurs diaboliques de ne pas partir. Il regarda dans son miroir magique et vit Lori courir à travers les bois. Un méchant rictus apparut sur son visage. Cela pouvait devenir intéressant après tout.

Lori courut un moment avant de s'arrêter pour reprendre son souffle. Elle ne s'immobilisa qu'une minute avant d'entendre un grognement rauque venant des buissons.

« Qui est là ? demanda-t-elle.

- C'est moi, le dragon des bois », dit une voix.

Le nez de Lori tressaillit et elle renifla.

« Grand méchant loup, je sais que c'est toi. »

Le loup sortit des buissons.

« Hé, petite Lori, comment ça va ? Comment as-tu su que c'était moi ?

- Je pouvais te sentir. Tu sens toujours le bacon gras.

- Ah ouais, ça doit être mon après-shampooing. Ça sent bon, hein ? Non seulement il est 100 % inorganique, mais il est aussi végan.

- La graisse de bacon n'est pas végane, et tu es loin d'être végan de toute façon. Tu es un loup. Tu essaies tout le temps de manger mes moutons.

« Ouais, mais je suis quand même végan parce que je ne mange pas de vaches. Je ne mange que des moutons, des cochons, des poulets et des chamallows.

- Écoute, Loup, je n'ai pas le temps de parler. Il faut que j'y aille.

- Oh, à ce sujet... J'ai bien peur que tu ne le puisses pas. Le magicien va me transformer de nouveau en pierre à moins que je ne te mange. C'est vraiment dommage.

- Je croyais que tu étais végan.

- Je suis prêt à faire une exception.

« Donne-moi au moins 10 secondes d'avance. Ferme les yeux, et compte jusqu'à dix.

- Je suppose que je pourrais faire ça. Tu as de petites jambes. Tu ne vas pas courir bien loin. »

Il ferma les yeux.

« 10, 9, 8, 7, 5, 4, 2, 6, 3, 1… » compta le loup.

Le grand méchant loup ouvrit les yeux et essaya de sauter, mais il découvrit qu'il était coincé. Lori avait attaché sa longue queue autour d'un petit arbuste, et le loup n'était pas doué avec les nœuds. Il lui fallut dix minutes pour détacher sa queue et se mettre à sa poursuite. À ce moment-là, Lori avait déjà presque atteint la maison des fées.

Mais, juste avant d'arriver à la maison, le nez de Lori tressaillit, et elle renifla. Elle sentit à nouveau le bacon gras. Elle se retourna et vit le loup courir vers elle. Elle s'accrocha fermement à son bâton de berger juste au moment où le loup sautait. Lori fit un bond pour l'éviter et le frappa avec son bâton, atteignant la patte avant du loup.

« Ouille ! s'écria-t-il. Mes orteils ! Pas cool ! Pourquoi tu frappes toujours mes pauvres orteils ?

- Je n'ai pas le temps pour ça, Loup, avertit Lori. Je dois retrouver mon agneau avant la fin de la journée. Dégage de mon chemin, ou je tape aussi sur tes autres pattes. »

Le loup s'éloigna, dépité, alors que Lori frappait à la porte. Les fées la laissèrent entrer. Elle dit aux fées qu'elle cherchait son agneau. Les fées lui dirent qu'elle était la bienvenue pour regarder dans toute leur maison, mais qu'elle ne devait pas ouvrir la porte bleue. Cette porte menait à la salle des crêpes. Personne n'était autorisé à y entrer.

Lori fouilla toute la maison à l'exception de la salle des crêpes, mais elle ne trouva pas Maple. Vous pouvez probablement deviner où le magicien avait mis son agneau, n'est-ce pas ? Eh bien, Lori le comprit, elle aussi. Alors, elle s'approcha de la porte bleue et tourna la poignée grinçante. Elle jeta un coup d'œil à l'intérieur, mais ne vit rien. Puis elle entra et regarda autour d'elle. Elle ne vit son agneau nulle part. Elle ne vit aucune crêpe non plus, elle ne comprenait donc pas pourquoi cette pièce s'appelait la salle des crêpes.

Tandis qu'elle errait dans la pièce, en tournant dans un coin, elle trouva la statue de pierre de Maple. Soudain, la porte se referma et Lori entendit une voix menaçante.

« On t'a avertie de ne pas entrer dans cette pièce. Maintenant, tu vas devenir aussi plate qu'une crêpe ! »

Les murs commencèrent à bouger. Effrayée, Lori se précipita vers la statue de Maple. Elle enroula ses bras autour d'elle et la tira, mais, malgré toute sa force, elle n'était pas assez robuste pour la soulever. Elle se pencha en arrière et commença à traîner lentement Maple vers la porte. Les murs se resserraient de plus en plus, et elle commençait à manquer d'espace ! Elle n'allait pas être capable d'arriver à la porte à temps à moins d'abandonner Maple, ce que Lori ne ferait jamais.

Pendant tout ce temps, le magicien observait la lutte de Lori depuis son miroir magique. Il s'amusait plutôt bien. Les sœurs diaboliques regardaient dans le miroir, et elles étaient également heureuses de se débarrasser de Lori. Alors que les murs autour de Lori et Maple se rapprochaient, le magicien claqua des doigts et transforma Lori en statue de pierre. Il ne voulait pas qu'elle soit écrasée. Cela aurait ruiné l'apparence de la statue.

Les murs continuèrent à se resserrer, mais s'arrêtèrent alors. Ils n'avaient pas réussi à écraser la statue de pierre incassable. Cela avait créé un paradoxe magique. Les murs étaient censés écraser quiconque entrait, mais les statues de pierre magiques étaient incassables. Les murs éclatèrent et la pierre se désagrégea. Les sorts magiques s'étaient inversés l'un l'autre. Lori et Maple étaient libres, et les murs ne pouvaient plus leur faire de mal.

Le magicien claqua à nouveau des doigts et Lori, portant son agneau, apparut devant lui. Les sœurs froncèrent les sourcils, déçues.

« Ce n'était pas ce que j'avais prévu, déclara-t-il.

« Tu n'as pas tenu ta parole, dit Lori en lui jetant un regard noir. Tu as dit que tu me donnerais jusqu'à la fin de la journée avant de me transformer en pierre. »

- Et alors ? Tu n'aurais pas dû me croire. Ta mère ne t'a jamais dit de ne pas faire confiance aux inconnus ? Je vais m'amuser avec toi un moment. »

Le magicien claqua des doigts, transformant en pierre les deux sœurs diaboliques de Lori.

« Elles commençaient à me décevoir », expliqua le magicien.

Le nez de Lori tressaillit et elle renifla.

« Et le grand méchant loup ? demanda-t-elle. Prévoyais-tu de tenir ta promesse envers lui ?

- Pouah. Je ne fais pas de promesses avec des loups au poil hirsute. Il peut retourner dans ma collection, là où est sa place. »

Soudain, le loup sauta de derrière le trône et avala le magicien d'une seule bouchée. Le loup et Lori firent alors une trêve et partirent chacun de leur côté. Le loup s'en alla chercher un poulet pour dîner, et il n'attaqua plus jamais Lori ni ses moutons. Lori et Maple rentrèrent tout contents chez eux, et bien sûr, vécurent heureux jusqu'à la fin des temps.

Fin.

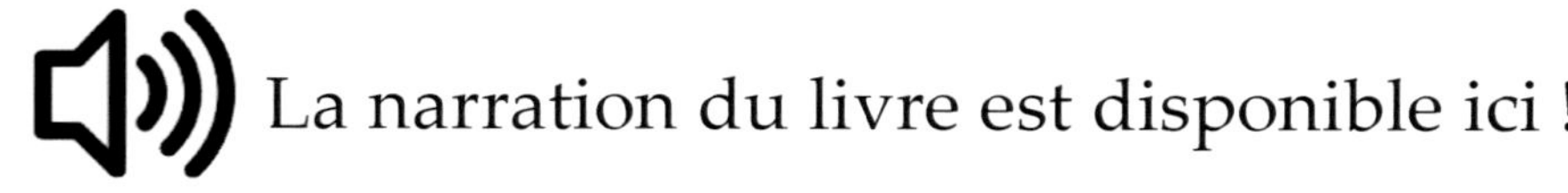 La narration du livre est disponible ici !

https://jibberjabberblog.blogspot.com/2024/04/video-hass.html

9 781948 921312